TERRA FRIA

979-10-97127-30-5
www.editionslagrangebateliere.fr

TERRA FRIA

Ana Maria Torres

La Grange Batelière

Para a minha mãe,
a minha familia,
a minha aldeia.

Je n'ai pas de frontières spirituelles, mais je porte en moi, gravés dans mes chromosomes, les repères de mon village et la physionomie de mes semblables.

Miguel Torga, *Journal*

LE VILLAGE

Il faut voir les oliviers en été. Quand le ciel est d'un bleu qui perce les pupilles. Et la terre aussi ocre que le soleil. Une providence d'ombrage où le vent souffle à peine, une caresse sur des épaules endolories par l'effort. De tant se pencher pour les foins. Les pommes de terre à ramasser. Les graines à semer. Il faut sentir la chaleur qui frappe les bras de celui ou celle qui s'arque pour creuser les sillons. Se lever aux aurores. Nourrir les poules et arroser les champs. Planter saison après saison ce qui remplira la gamelle de soupe le soir.

Attendre sous les oliviers les cornes des deux taureaux s'unissant pour la dernière confrontation. Une tauromachie sans dieu ni loi. Point besoin de parade, ni de cape. L'éclat de l'or se trouve dans l'œil de la bête qui rumine. Attend patiemment une faille de l'autre, avant de foncer. Piétiner. Encorner. Déployer sa force destructrice et toute-puissante face à un public plus bovin que le taureau même. Les hommes sont fous de penser qu'ils sont les maîtres en ces terres. Le temps s'égrène en *tremoços* que l'on effeuille avec les dents.

Il faut voir les oliviers en hiver. Les lourdes branches de fruits ployant sous les frimas de ce gel qui durcit le sol. Prendre un bâton et frapper l'arbre fécond pour en recueillir la lumière. (C'est une terre à la violence méthodique. Nécessaire.) Presser chair et noyau compris, pour voir apparaître le sang de ces olives précieuses, joyaux parmi les joyaux. Ferveur sainte face au fruit consacré.

Il faut entendre les cloches tinter au printemps. Le dos des hommes marqué sous la chemise du dimanche, celle blanchie au soleil lavée frottée par les lavandières au bord du *tanque*, du lavoir, sentant la soude la graisse de la bête sacrifiée l'ortie qui pique les jambes à l'orée de la nuit, quand on rentre les vaches et évite les vipères. Dos alourdi par des corps d'un sacre patiné — membres d'argile et cheveux véritables — visages figés pour les siècles des siècles que l'on promène de maisons en maisons. Dos soulagé par des gourdes pleines d'eau du puits et de morceaux de *folar* pétri — laissé reposé une nuit durant — et sentant bon la chair du cochon égorgé près du feu.

Il faut se réveiller tôt pour préparer le four à pain. Celui-là, derrière le mur de pierres, près de l'étable. Derrière cette porte en bois cassé, dont le loquet n'est qu'un bâton tenu par une cordelette de jute. Une hutte en pierre grise, lourde, qui a vu passer en son ventre des générations de miches de pain. Il faut voir ces gestes séculaires. D'abord la farine, blanche, de blé, dans l'ancienne auge des animaux. Puis de l'eau, par bidons. Tiède, pour éviter les grumeaux. Le sel, avec une justesse d'artisan dans le poignet. Il ne faut pas que le pain soit trop salé. Puis le levain nourri de la fournée de la dernière fois, que l'on garde comme le plus précieux des trésors. Y mettre les mains, les bras tout entiers pour malaxer et faire lever la pâte.

Ce pain chaud que l'on plonge dans l'huile des olives de l'hiver passé. Joie dans le palais : quiconque n'y a pas mouillé ses lèvres n'a pas goûté au paradis. Ce pain que l'on émiette pour les *alheiras*, ces boudins de mie et de chair que l'on grille près de la cheminée. Il faut les voir, ces femmes qui se penchent sur les bassines dans lesquelles se mêlent poulet et porc, pain et huile, jusqu'à ne plus distinguer l'animal du végétal. Il faut les voir saisir le boyau qui se remplira goulûment de farce. Le silence dans le fumoir où l'on entend à peine le crépitement des bûches qui se consument.

Il faut se promener à travers les vignes en automne. Sentir la folie du raisin piétiné par des pieds calleux tambourinant sur la pulpe du fruit pourpre — une danse millénaire où chaque pas est chorégraphié par l'instinct, le désir du travail bien fait, l'attente du vin qui devra mûrir lentement dans les cuves de bois. Un vin nu. Honnête. Qui a le goût de la terre ocre et des défenses des sangliers qui viennent tout ravager. Le crépitement des châtaignes sorties de leur coque épineuse, qu'il faudra ouvrir pour mieux les saisir sur les flammes de la bûche énorme que l'on alimente en tisonnant. On les grignote les dents en avant pour éviter de se brûler la langue. On préfère se chauffer la gorge avec de la *jeropiga*, cette eau-de-vie tantôt douce comme le miel tantôt ardente comme l'enfer et qui renferme la vigueur juvénile des premières grappes.

Le temps des figues est déjà loin. Il fallait les voir s'éclater au soleil, un soleil déjà usé d'avoir vécu les assauts de l'été, un soleil qui chauffe les clavicules mais ne brûle plus la peau, une peau aussi noire que l'ardoise, une chair rouge et granuleuse.

Il faut se souvenir. Encore. Et toujours. Penser au chant du coq qui réveille le village. Et au tintement mélancolique de l'angélus qui l'assoupit.

À l'heure du départ, le souvenir a toujours un goût de figue salée.

I

LA MAISON

Et la maison hurla. Un cri grave, aigu, centenaire, inédit. Un spasme de douleur parmi l'allégresse.

Les jambes écartées, sur les marches en pierre de la maison voisine, elle pousse jusqu'à l'épuisement de ses cordes vocales. Elle avait senti les premiers coups dans la cuisine, penchée sur la marmite qui bouillonnait dans la cheminée. Une soupe avec du chou, des pommes de terre et des oignons. Et une perdrix qu'il avait capturée le matin même en menant paître les vaches. Elle eut à peine le temps de toquer à la porte de la maison voisine, avant de se dérober sur le perron. La poche rompue et les pieds trempés.

Et la maison s'ébranla, au flux et reflux des vibrations du sol rafraîchi par le vent.

Les jambes arquées, le front perlé, elle sent en son ventre les membres palpitants de l'enfant à venir. Point d'hôpital, de chambre aseptisée, de sages-femmes aguerries. De l'eau fraîche du puits, des mains — fraîches aussi, de la voisine, de sa sœur et de sa mère, les mêmes gestes depuis des millénaires. Ceux qu'elles prodiguent à leurs bêtes, à leurs filles, à celles endolories par la besogne. Et ces marches de pierre froide devant la maison qui anesthésient tant bien que mal les fulgurances sur les reins.

Et la maison attendit, anxieuse du premier cri. Elle avait été le témoin de tant de morts-nés, petits anges montés au ciel, sans huile sainte pour les bénir. Trois avaient survécu, serait-elle la quatrième ? Des cris de délivrance mêlés à des bénédictions. Et lui qui ne vient pas, affairé à nourrir les bêtes. Un silence, soudain. Seul le clapotis des gouttes de sang sur les marches de pierre sombre.

Et la maison exulta au premier rire de l'enfant. Un éclat de voix qui se réverbère sur tous les murs. On pose la fillette encore ensanglantée près du visage épuisé de la mère. Soulagement devant ces dix petits doigts qui s'agitent. Elle sera vaillante. Elle résistera aux premiers hivers et aux chaleurs de l'été.

On lui donne un prénom de sainte, pour lui apporter de la chance. Maria Madalena. Non comme la pécheresse. Comme la sœur de Lazare, celle qui écoute. Qui apprend. On la baptise, au cas où. Et la maison s'émerveilla de voir ce bout de femme ramper puis trébucher sur les pierres polies de son entrée alors qu'elle esquisse ses premiers pas, parmi le caquètement des poules et le gloussement des dindons. Courir après les chèvres et les herbes folles. Distinguer celles qui font du bien de celles qui empoisonnent le foie et l'estomac.

Et la maison l'attendit, jour après jour, alors que les autres préfèrent l'école et les tables de multiplications, l'enfant fait le mur et grimpe aux chênes-lièges et aux oliviers, écoute le chant du merle ou du rossignol, ressent le prisme des heures, jusqu'à ce qu'épuisée, elle s'endorme dans les bruyères, en attendant qu'on vienne la chercher.

Les autres mûrissent au soleil, prennent forme et corps, mais elle recule à pas feutrés dans l'enfance, saison après saison. Elle ne veut rien savoir du domaine des hommes, de ceux et celles qui prennent la voiture tous les matins, boivent un café amer et s'ensevelissent sous leur bureau. Elle goûte à la ville, quelque temps, pour faire comme les siens, mais l'appel de la Montagne est plus fort. Au village, on la traite de simple, lui donne des brugnons à croquer, lui pince les joues.

Et la maison la recueillit dans son giron, l'enlaça de ses pierres peintes à la chaux. Elle savait que cette force de la nature serait une enfant éternelle. Et à l'heure du jugement dernier, quand ses yeux seront trop fatigués de supporter l'éclat du matin, quand ses dents seront trop gâtées pour manger quoi que ce soit, quand son ventre cessera de la tourmenter, la maison s'abandonnera aux averses rongeuses d'os, aux termites ogresses et aux fissures dévastatrices et la maison poussera un ultime râle, un coup de tonnerre retentissant qui fera trembler les champs et les fermes, jusqu'aux *pombais*, dressés fiers, tout là-haut.

LE FLEUVE

Plus que quelques mètres et elle sera sur le pont roman. Il fait déjà chaud, Madalena sent la sueur couler le long de son dos. Le soleil tape fort ici. Sa peau est aussi blanche que l'écorce de bouleau. Une peau de celte. Elle n'a pas les cheveux roux de sa sœur, heureusement. Une chevelure d'ébène, longue, jusqu'aux reins, qu'elle tresse en queue de sirène.

Un motif assez facile, pas comme ceux qu'elle réalise au crochet après la soupe du soir, quand sa grand-mère somnole près du feu.

Madalena prend le sentier qui mène à la rivière. On y sent la camomille, le thym, le *fiolho* sauvage. L'herbe qui calme les fièvres, libère les intestins, vivifie le sang.

Ci et là, des ronces qui s'accrochent à la peau des chevilles, les griffant légèrement.

Elle entend déjà au loin les clameurs de joie des autres qui s'éclaboussent dans le fleuve. À la file, ils soulèvent à bras le corps les bottes de lin qu'on avait laissé tremper des jours durant, donnant ainsi à l'eau une couleur de rouille et une odeur de linge mal séché.

Les garçons sont torse nu, avec des caleçons en toile qui leur arrivent au-dessus du genou. Elle ne saura pas comment se mettre à l'eau. Elle a mis une vieille chemise de son père sur le bandeau qui recouvre ses seins déjà apparents. Elle ne pourra pas faire comme eux, la générosité de sa chair ferait ricaner les autres. Ou détourner le regard. Elle se fâcherait. Elle se bagarrerait avec eux. Leur jetterait des pierres au visage. Les mordrait jusqu'au sang avant de les couvrir d'insultes. Elle sait se battre. Elle l'a déjà fait.

Son frère lui a fortement interdit de recommencer. Il lui a tapé fort sur la tête pour que cela rentre bien dans le crâne. S'il lui demande où elle est allée, elle dira qu'elle aidait la pauvre Elmira à cueillir quelques mûres pour les confitures.

Elle court à l'ombre des oliviers. Elle s'est levée tôt. A mené les vaches au pré, comme tous les matins. Là haut, dans la Montagne. Cinq vaches mirandaises paissant tranquillement de l'herbe et des chardons pendant qu'elle révisait son alphabet en écrivant des lettres sur le sol.

Ils lui ont promis qu'ils lui apprendraient à nager. Elle leur avait donné tous les *escudos* de sa dernière vente de baies sauvages, pour leurs cigarettes. Ils la voient hésiter, puis mettre ses orteils dans le courant limpide, sur les roches polies par cette eau si calme, si paisible. Un vrai miroir pour celle qui veut s'y refléter. Le Sabor porte divinement son nom : d'une translucidité savoureuse, on arrive à distinguer les truites qui vivotent paisibles dans le courant. Leur chair est tendre et saumonnée.

Elle sait qu'ils ne tiendront pas leur langue, qu'ils en parleront une fois le lin lavé et séché sur les rives de galets. S'il découvre qu'elle a fait le mur pour rejoindre les garçons au bord de la rivière, il la tuera. Elle sait qu'elle sera prise.

Mais aux premiers barbotements dans le Sabor, les jambes en grenouille et la tête sous l'eau, les yeux grands ouverts sur les écailles arc-en-ciel de ce poisson un peu bête d'avoir été bientôt capturé et grillé après le lavage du lin, elle se dira qu'elle ira loin, par-delà le fleuve, par-delà la Montagne, par-delà ces oliviers qui lui fournissent huile et ombrage. Loin, très loin, jusqu'au Brésil peut-être ! Ceux qui se moquaient l'aident maintenant à flotter. Certains applaudissent, d'autres l'aspergent d'eau. Très vite, elle n'a plus pied et parvient à se mouvoir sans peur ni entraves, à aller d'une rive à l'autre. Elle sait nager.

Après le labeur et avant le retour aux champs, vient le temps de l'insouciance. Pendant quelques brassées.

LA RÉCOLTE

Madalena s'est levée au petit matin. Le froid lui cisaille les oreilles mais il fait aussi clair qu'un jour d'été. L'un charge le tracteur, l'autre prépare la *merenda*, le casse-croûte, pour la pause de midi, un autre rechigne à se lever du *banco*. Encore quelques minutes près du feu, on est si bien, il est si tôt. Les cahots du tracteur finissent de réveiller ceux qui étaient encore ensommeillés. À perte de vue, des perles brunes à récolter.

Ici l'olivier y est emblème, saint protecteur et nourricier. Sur le blason de l'*aldeia*, le pont roman et deux olives noires. Deux petites santulhanas, qu'on ne trouve nulle part ailleurs.

Cette année, ils ont de la chance : il

n'y a pas eu de fortes pluies pendant l'automne qui auraient fait tomber et gâter le fruit, rendant caduques leurs efforts. Ils ont soigné leurs arbres toute l'année : ils ont coupé les branches défectueuses, ils ont taillé les ronces et les mauvaises herbes autour du tronc, ils ont élagué, ils ont rendu à l'olivier sa première jeunesse.

Madalena tend la toile autour des arbres. Une toile verte, épaisse. Le sol glacé est parsemé de feuilles et d'écorces. Elle accroche l'engin au tronc et presse sur le bouton. Pendant que le bras mécanique fait trembler l'olivier, ils s'agitent avec des bâtons, frappant les branches pour faire tomber les récalcitrantes. Vus d'en haut, ils semblent se livrer à une étrange chorégraphie, les bras levés, les bouches fredonnant *Azeitoninha pretinha, a saltitar*. Des coups fermes, habiles, précis pour ne pas blesser l'arbre qui se retrouve nu, presque honteux d'avoir été aussi exposé. Certains, plus habiles, un brin frimeurs, grimpent en haut de l'arbre pour frapper les inatteignables.

Les gestes du cueilleur d'olives se rapprochent de ceux du pêcheur : rassembler les filets, transvaser la récolte dans la remorque, aller et venir jusqu'à la tombée de la nuit, précoce en ce mois de décembre. Madalena essaie de compter les hivers passés à récolter les fruits de la terre de ses ancêtres. Qui est sienne. Et qui sera de sa fille, un jour. Et aux enfants de sa fille. Les semaines prises pour aider sa famille. Partir de là n'a finalement rien changé. Toutefois, contrairement à elle, ils sont peu à revenir : quelques jours, une semaine tout au plus, pour Noël et le premier de l'An. Ils font ce qu'ils peuvent, s'entraident pour aller dans le champ de l'un, puis de l'autre mais les terrains sont nombreux et les olives tombent quand l'arbre devient trop lourd — et s'il n'a pas été ravagé par l'enfer de l'été dernier.

Des centaines et des centaines de kilos d'olives que l'on mène au moulin tenu par la coopérative : une petite partie pour soi, pour sa consommation de l'année. Une huile forte et savoureuse, où l'on sent toute la force d'une si petite santulhana. Une huile de caractère.

L'autre vendue, toujours pour si peu, quand on voit les efforts fournis, bradés par une logique de marché commun qui les réduit en médiocre huile d'olive de supermarché à Paris, Bruxelles ou Varsovie.

Fourbus et exténués, tous finissent la journée le sourire aux lèvres et la bouche pleine. C'est la nuit de la *consoada*, le 24 décembre. Le chat, sous la table, guette quant à lui le bout de tentacule de poulpe aillé qu'on lui cédera. Après la morue, les choux, les *rabanadas* et l'*aletria*, on s'apprête pour la messe de minuit avant de se réchauffer devant le grand feu de joie. Et demain... Demain, les olives attendront.

LA FÊTE

Dans le crépitement de la radio du *Francês*, on pouvait sentir la liesse de la liberté retrouvée. Les grésillements de voix qui s'étaient tues depuis trop longtemps. Enfin, on exulte ! On pleure, on rit, on crie ! Enfin, on danse, on boit jusqu'à l'ivresse cette libération nouvelle. Une chanson, en arrière-fond, qui lui trotterait dans la tête pendant que les vaches mâcheraient tranquillement l'herbe verte des prés.

Madalena n'avait jamais vu la mer. Elle ne savait même pas à quoi cela pouvait ressembler. Le bleu, à perte de vue. Tout ce qu'elle voyait, ce n'était que du vert. Des kilomètres d'émeraude. Et là-bas, au loin, derrière la Montagne, Lisbonne la belle. Lisbonne, la désirée. Apparemment, ils étaient sortis dans la rue, un œillet à la main. Marchant fiers jusqu'aux soldats défaits. Aucune résistance, aucun heurt, ils se savaient vaincus.

Ça faisait déjà quelque temps qu'elle n'allait plus à l'école. Il y avait trop à faire dans les champs et pas assez de bras. Madalena s'entraînait à lire dans la Bible, rangée dans la table de chevet de sa grand-mère. Elle aimait ces histoires de grandes héroïnes : Judith qui coupe la tête d'Holopherne ; Sarah et Rebecca les matriarches ; Esther qui sauve son peuple du massacre. Elle frémit face à Dalila et Salomé, dont la sensualité enchanteresse cause la perte des hommes. Il fallait les craindre, lui avait-on appris. À se méfier de leurs yeux doux et leurs paroles tentatrices. Certains la dévoraient du regard, l'alpaguaient le matin sur les chemins de terre, l'invitaient à danser. Mais il ne fallait jamais baisser la garde.

A-t-elle la grâce de ses aînées ? À force de s'échiner par monts et par vaux,

Madalena en oublierait presque à quoi elle ressemble. On lui avait tiré le portrait récemment à la Vila, à la grande ville. Elle avait mis son chandail rose, qui lui faisait ressortir la candeur de ses joues rondes et une jupe droite jusqu'aux genoux, avec ses chaussures du dimanche. On lui avait demandé de se tenir bien droite, le menton un peu relevé, et surtout de sourire sans montrer les dents. Dans un décor de carton-pâte et stuc qui évoquait vaguement un jardin romantique. Figé sur le papier glacé, un ersatz d'aventures à rêver — portrait caché dans un médaillon donné à son promis parti à la guerre perdu retrouvé volé par un rival jaloux éconduit rendu soupiré — une promesse d'envolée héroïque pour son imagination débordante.

Madalena range ce double d'elle-même — magnifié, sublimé — cette princesse enchanteresse à son balcon en faux marbre et se tourne vers cet autre, sosie tacheté par le temps et l'usure. Ce miroir qui la révèle telle quelle, nue et sans artifice.

Aucun bruit dehors. Bientôt, au loin, des battements réguliers, en cadence. Un rythme qui se colle aux pulsations de son cœur fébrile. Un signal d'alerte annonçant qu'il est temps de se préparer. Quelle robe mettre ce soir pour cette fête qui célèbre le bonheur d'être enfin maître de soi, libre ?

Elle n'a pas vraiment à choisir. Sa robe sera celle des jours de messe et des grandes occasions. Jaune pâle, avec des épaulettes et quelques froufrous en-dessous du genou. Les cheveux détachés, lavés le matin même au lavoir. Des chaussures solides, sans talons, car elle pense danser toute la nuit. Elle adorait danser mais elle savait qu'elle devait se montrer raisonnable. Prudente. Pour qu'on ne parle pas d'elle dans le village, le lendemain. Des chuchotis légers comme le vent, acérés comme des coups de poignard. Elle ne voulait pas être celle qui. Tu sais, celle qui a perdu ses parents l'hiver dernier, on l'a vue danser hier avec le fils à la boulangère. Tu sais, celui qui est revenu d'Angola. Pas l'estropié, non, l'autre. Le petit jeunot, avec la moustache. Oui, celui qui nous volait des choux pour les donner à ses chèvres. Il l'a invitée à danser une fois. Puis deux, trois. C'est ma petite qui m'a raconté. L'autre faisait presque honte à accepter à chaque fois. Tu vois comment ça a dû se terminer… Une fille, laissée comme ça toute seule, sans père ni mère, ça n'ira pas loin, je te dis. Personne pour lui rosser les oreilles. Ce n'est pas la mienne qui ferait ça, je te le dis. Elle les entendait déjà, déversant outre sur outre de fiel pendant qu'elle remplissait la sienne pour la soupe du déjeuner. Mais ce soir, le temps de quelques chansons, elle oublie.

Madalena oublie les ragots salés qui lui brisent le dos. Elle n'a pas le répondant de sa sœur, non. Mais elle a la main lourde de celles qui punissent, qui vengent sans mot dire. Ce soir, elle accompagnera de ses pieds légers la *gaita de foles* ou l'harmonica qui joueront jusqu'au petit matin. Elle aura le courage de celles qui charment les serpents, ouvrent les mers et font tomber les têtes. Une Suzanne contre les vieillards qui n'attendent qu'une chose : qu'elle trébuche pour lui jeter des pierres et ramasser les morceaux. Ce qu'ils ne savent pas, ils sont bien loin de s'en douter, misérables parmi les misérables, c'est qu'elle sait voler.

LE TRÉSOR

À tâtons sur la pierre froide, Madalena recherche l'interrupteur en quête de lumière. La paume maladroite se balade, débusquant enquêtant le bouton qui se cache entre deux interstices. Elle échoue souvent, prisonnière éphémère, dans une toile d'araignée qu'elle déchire sans le vouloir. Perturbant le patient travail de cette élégante et sombre couturière. Ici, l'araignée est signe de bon augure.

Un pied qui bute sur quelque chose de métallique. Une fourche ? Un marteau ? Une balance ? Elle lève le nez pour poser son regard dans le néant. Ou ouvre les narines, juste un instant, inspirer une odeur aigre-douce de pommes mûres, de sciure de bois et de dissolvant. Enfin, elle met l'index sur l'inespéré.

Se révèle une hétéroclite caverne d'Ali Baba. Par terre, à gauche, des cageots de pommes de l'automne dernier. Bonnes pour la compote, farineuses pour les dents. Quelques corbeilles de prunes, les premières, encore un peu acides. Des pois chiches qui attendent d'être mis à tremper. Du produit pour les porcelets. Une boîte à outils. Des pots de peinture et des sacs de plâtre. Tout au fond, un stock de grain à donner aux pigeons. Un robinet qui abreuve la maison avec de l'eau du puits. Elle y cherche des bidons pour les bêtes, à défaut de les mener boire à la fontaine aux bestiaux. Elle s'y perd à tout contempler, à tout humer, elle ne sait plus pourquoi elle a ouvert la porte, le seau à la main.

Elle était peut-être venue chercher du grain pour les dindes. À mélanger avec des *farelos* et de l'eau. Cela ressemble vite à de la bouillie. Elle touille, d'abord avec un bâton pour ne pas se salir mais elle ne peut y résister, elle y met vite les mains. Elle se surprend à goûter: ça n'a guère de goût mais ça sent le porridge. Ou le Cérélac qu'elle donnait à sa sœur, petite, en la laissant regarder les dessins animés le matin, avec du lait *gordo*, du lait entier, celui qui fait des *natas* quand on le laisse trop chauffer.

Ou peut-être le sac de pois à écosser, de lentilles à nettoyer, maintenant qu'il y a du vent et peu de soleil. Elle étend la *manta* par terre et elle passe tout au tamis, en contemplant la paille qui s'envole au loin, sur les pavés. Elle est sans doute allée chercher une tranche de *presunto* et une jarre de vin, car c'est jour de fête et que si on ne le conserve pas dans un endroit frais, il tourne au vinaigre et là, il ne serait bon qu'à repousser les limaces des laitues.

Elle cherche peut-être la pompe à air pour regonfler le pneu de son vélo, et pédaler au loin sous la poussière, jusqu'aux vignes, tout en haut, derrière la Montagne. Dévaler les courbes sinueuses des chemins de terre brune où se faufilaient autrefois les contrebandiers en quête de liberté. Arriver à la croisée des chemins, devant un ex-voto dédié à la Vierge bénissant l'itinérant. À droite ? À gauche ? Longer les ronces qui protègent les champs de ceux qui auraient la tentation de voler des pommes, des figues, ou même du maïs. Prendre quelques photographies : elle prend goût au clic-clac du déclencheur qui immortalise le ciel qui rougit.

Madalena cherche peut-être d'autres seaux pour aller cueillir des mûres. Pas celles des sentiers, tantôt petites et acides, tantôt gonflées de jus. Celles du mûrier au tronc long et aux feuilles verdoyantes, grosses comme l'ongle qui la sépare de son pédoncule. Rouge éclatant qui tâche les doigts, les joues et les vêtements. Pour retirer les marques sur la peau, il suffit de frotter avec des mûres vertes et de rincer à l'eau de la *fonte* qui n'est pas loin. Il faut savoir repérer les sources qui se cachent ci et là. Il y en a bien une, la *fonte perdida*, que l'on retrouve quand on en a bien besoin mais disparaît aussitôt. Aucune trace sur les cartes des environs. L'eau silencieuse préfère se cacher des regards indiscrets. Frotter, frotter en prenant garde de ne pas se faire piquer par des guêpes. Ces saletés aiment se prélasser près des points d'eau. On en fera des pots de confiture, un kilo de sucre pour un kilo de fruits. L'odeur de caramel envahit la cuisine, la cour, la dépense où se reposent, endormis, tous les fruits du labeur de la terre, les cadeaux du soleil et de la pluie.

Madalena refermera la porte, en faisant attention de ne pas enfermer le chien et elle attendra un instant, couchée sur le banc en granit, le rayon qui viendra réchauffer les clavicules. Le même depuis quarante ans. Le dernier avant la nuit noire.

LA PEUR

Le diable décide de descendre sur terre. Il traverse un pont qu'il a bâti, s'abreuve dans un puits qu'il a foré, traverse des montagnes qu'il a élevées avant d'arriver au village. C'est jour de fête en haut.

Les bûches s'accumulent sur la place. On s'active, malgré la *geada*, la gelée. Dix mois d'hiver et deux mois d'enfer dit-on. Près de la fontaine, l'on jette pêle-mêle tous les rebuts de la saison : vieilles planches vermoulues, tronçons de bois trop épais pour la cheminée, anciens meubles à jeter. Chacun y met du sien : petits comme grands rêvent à des flammes qui monteraient pour embraser le ciel. On pourrait croire à un sabbat si on ne sait pas que c'est veille de jour saint.

On se sert d'un peu de charbon pour le noir, de la craie pour le blanc, d'un vieux bâton qui circule de main en main pour le rouge. On se dessine des figures grotesques, on revêt des fripes ou de vieilles carcasses. Pour le diable, nul besoin de se dissimuler sous un masque. Il se mêle à la foule, saisissant au passage un sac de cendres pour la jeter sur ces diablotins d'un jour en papier mâché.

Maria dos Anjos, ange déchu du ciel, née pour charmer et perdre les hommes, a revêtu ses ailes faites de plumes qu'elle avait ramassées ci et là. Des plumes d'oie, de coq, de cygne ou de faisan. Maria das Dores, vraie *bruxa* mais fausse princesse, porte une couronne faite de coquillages et de carton. Maria da Conceição assiste à la parade de loin, en égrenant son chapelet et en priant le *terço*. Elle est si concentrée qu'elle entend à peine João Batista qui joue du *realejo*.

Le diable ne sait plus à quel saint se vouer. Il préfère se rapprocher du chaudron de *queimada*. Le sucre est mêlé à l'*aguardente*, l'eau-de-vie qui se nourrit des flammes avant de les éteindre. Il aimerait y plonger son visage repoussant, se pourlécher de ce liquide ardent aussi doux que le miel mais l'*esconjuro*, le sortilège, l'en empêche.

Après le tour du village, tout le monde se réunit sur la place pour accueillir comme il se doit l'invité d'honneur. Haut d'une dizaine de mètres, tout de bois et de paille, l'*entrudo* attend patiemment son jugement. C'est lui qui a le plus beau masque, le plus coloré. Son nez, saillant, est reconnaissable entre mille.

Fébrile, le diable attend la fin du procès, au milieu des *caretos* et autres créatures fantastiques, pour la condamnation finale et irrévocable : le bûcher. Un petit fantôme de drap blanc se rapproche, une torche à la main, avant de la jeter entre les jambes du malheureux. L'*entrudo* solennellement s'embrase. Des hourras se font entendre. João Batista reprend du service pendant que les garçons se mettent à la recherche d'une fiancée d'une nuit ou d'une vie.

Le diable se mêle à la foule, tentant en vain sa chance. Il est étranger sur ces terres, dans un village où tout le monde se connaît, malgré le masque, malgré l'accoutrement, feignant le temps d'une soirée l'anonymat qui manque tant. Le géant incandescent n'est plus qu'un buisson ardent alors que l'ange déchu quitte, penaud, le village animé.

Dix mois d'hiver et deux mois d'enfer. Douze mois de braises que l'on provoque et que l'on craint.

Mochos, corujas, sapos e bruxas.

Demônios, trasgos e diabos.

Hiboux, chouettes, crapauds
et magiciennes.

Démons, diables et lutins.

Dans ces terres on croit autant à la Vierge qu'aux sorcières du coin.

On croit surtout au pouvoir de la fête et de la peur. Bienvenue en Terre Froide.

LE RETOUR

Il fait encore nuit noire. Pourtant, Madalena écarquille bien les yeux sur les lueurs néon du petit matin. Ci et là, dans les rues désertes, des jeunes rentrent de soirée, des maraîchers préparent leur stand avant le début du marché. Elle voit la grande ville comme si elle n'en faisait plus partie, comme si elle était là-bas, loin et que ses rétines captaient une retranscription inconnue.

Cette ville tentaculaire, depuis combien de temps y vit-elle ? Elle se souvient de son arrivée, fraîchement débarquée de son village. Ne connaissant pas la langue. Ne sachant rien faire. On lui aura vite fait de lui donner un seau et une serpillière. Depuis combien d'années, voguant de chambres de bonne en colocations, jusqu'au Graal : une loge de concierge assez grande pour un canapé lit et une table à manger.

Cet endroit, non, ce n'a jamais été chez elle, et le son de la radio la borde déjà vers un havre plus familier. Quand Madalena entre dans une voiture, elle ne peut s'empêcher de dormir. Son corps a pris le pli des longs trajets.

Ils percent l'obscurité, un silence mat qui les entoure. Elle essaie de maintenir les paupières bien ouvertes mais les phares des autres voitures l'aveuglent et lui font plisser les yeux, bien malgré elle. Depuis combien de temps ? Elle l'a rencontré, celui qui conduit, grâce à une amie commune. Arrivé comme elle, sans famille, sans amis. Elle se rappelle les histoires qu'elle inventait pour le séduire, ces mythes de la création pour chasser les ténèbres de la solitude qui les encerclaient. Monsieur Soleil aimait Madame Lune, son teint spectral, sa robe de mille pastels. Il demanda à sa fille, la Première Etoile, d'avertir sa mère de l'heure de leur rendez-vous mais celle-ci, bien étourdie, se trompa et la Lune, vêtue d'argent, apparut et ne vit ni amant, ni or. Que de l'obscurité autour de son voile iridescent. Elle se fâcha grandement et elle se refuse depuis à apparaître quand le Soleil se présente en habit de lumière. Depuis, le monde est une terre d'amants malheureux.

Plaque après plaque, les villes défilent au gré des stations-service où les pauses café toilettes sandwich leur permettent de se libérer des fourmis aux jambes. Les paysages semblent les mêmes mais d'un œil subtil, Madalena les voit se transformer : champs de colza, de tournesols mirant vers l'Éternel, armée de pins, maelström de massifs broussailleux puis le désert. Une terre aride qui s'étire paresseusement minute à minute. Bienvenue en plein farwest. Bienvenue dans le no man's land. Les gorges sont sèches, les histoires se tarissent. Plus personne ne veut parler. On attend le signe, l'arbre qui va tout changer. Oliviers, chênes-lièges, l'annonce de l'arrivée. D'un coup, tout devient différent. Elle ouvre la fenêtre et hume l'air chaud qui l'enveloppe en une étreinte de bonne nouvelle. Plus que quelques virages, sinueux, car il faut d'abord montrer patte blanche à la Montagne, malgré l'envie de tout déverser, dans le vide. S'alléger du trop-plein de nostalgie pour la transformer en liesse. Plus que quelques kilomètres.

Péages après péages, Madalena remonte le fil du temps, égrenant un chapelet de pièces trouées, les offrant à ces charons automatiques qui ne les reconnaissent plus. On dit, comme trait d'humour, pour justifier l'infinité de courbes pour atteindre les villages, qu'on avait donné le projet de ces routes à un ingénieur anglais. Quand on lui demanda comment il voulait le mener à bien, il répétait sans cesse à ses collègues transmontanos, «*Yess*». Combien de virages il faut surmonter, le sac en plastique en main, avant d'arriver enfin.

Madalena baisse le son de la radio quand ils entrent dans le village. Il faut sentir...

Elle fait le calcul. En moyenne, ils auront passé près de huit cents heures, usé trois voitures, et parcouru soixante mille kilomètres pour rejoindre Trás-os-Montes et se reposer, enfin, dans leur vrai lit.

II

LE RETOUR

Marta rentre de la maison de retraite. À vélo cette fois-ci car le vent de fin de journée donne comme de doux baisers derrière les mollets. Là-bas, en ville, elle n'osait pas, de peur de se faire percuter par une voiture, de tomber et de se blesser. Ou pire. Elle descend sous le tunnel, passe devant le cimetière et le lavoir, tourne à droite et prend la rue principale.

Deux lits se sont libérés ce matin, cinq depuis le début du mois. La cloche n'a cessé de tinter pour taire le silence sous lequel ils ont poussé leur dernier soupir. De la fenêtre de leur chambre, on pouvait entendre le grincement des balançoires dans la cour extérieure. Une école primaire désertée face a un hospice qui s'oublie et se vide.

L'hiver est long devant ce feu qui brûle dans l'âtre pour réchauffer la cuisine et le *caldo* de la soirée. Quelques choux, des carottes, deux ou trois pommes de terre. Un morceau de poulet pour donner du goût. La nuit point à peine mais il fait déjà sombre, pas un bruit ne s'entend dans les rues à part la respiration rauque de celui ou celle qui attend, toujours. Sera-t-il encore des nôtres quand le soleil atteindra son zénith ? Sera-t-elle encore des nôtres pour revivre un été, rire aux excentricités de ses petits-enfants qui ne savent même plus parler la langue et qui s'abrutissent à longueur de journée devant leur écran, fervents croyants d'une icône aussi stérile que l'avocatier qu'un idiot a planté dans le village ?

Plus que cinq mois… Cinq mois avant d'entendre les rires d'enfants en cascade sur le toboggan, les pleurs sur les graviers et les cris d'allégresse à l'arrivée du marchand de glaces. Cinq mois pour que ces maisons aux fenêtres éteintes s'illuminent une à une. Pour que le bar se remplisse à nouveau, des éclats de verre et de voix jusqu'au petit matin. Des trébuchements de celui qui rentre un peu hébété par la nuit, l'alcool facile et la musique bon marché. De leur temps, ils jouaient au *pião*, à la toupie, à cache-cache, ne voulant à tout prix gâcher les dernières minutes de l'enfance à trop jouer à l'adulte dans les champs. Mais ils n'ouvriront pas la bouche, non, ils ne diront pas un mot car les petits sont là, en chair et en os, et pour combien de temps ? On part pour ne plus revenir. Plus personne pour aider dans les terres. Plus personne pour entendre leurs pleurs face aux années qui passent, la *saudade* qui étreint sous la couverture jusqu'au chant du coq. Se réveiller, mais pour quoi ?

Marta s'assoie devant chez eux, sur un banc de pierre fissuré, lézardé par la mousse et les pluies, et elle les écoute ouvrir les portes du passé. Du leur qui est un peu du sien.

Que restera-t-il quand les cloches se mettront à tinter toutes ensemble, pour couvrir le silence qui scelle les tombes de la Miséricorde ?

Si elle ferme les yeux, si elle se concentre, elle peut entendre le beuglement des vaches dans l'étable, le murmure de la télévision du voisin, les pas feutrés du chat qui rentre, une souris dans la gueule.

Ils sont nés ici, ils mourront ici. Après eux, les lumières s'éteindront, les maisons se videront. Ne restera que le silence de la Montagne et le bruissement de la cloche, célébrant la dernière âme. Elle sait qu'elle, comme eux, est faite de cette glaise et qu'elle retournera à celle-ci. Pour qui sonnera le glas cette fois-ci ? Dans cinq mois… la cloche tintera, allègre, pour les mariages et les baptêmes, les *romarias* et les communions. La célébration d'une vie toujours intacte, là, dans cette église en dorures baroques, où ses cheveux de nouveau-née se sont mêlés à l'eau sacrée du bénitier.

Marta contemple le ciel, un noir si abyssal que les constellations se dessinent, point de croix sur du satin. Elle se souvient de son père qui la prévenait de ne surtout pas compter les étoiles. « Si tu ne veux pas d'autant de verrues sur les mains. »

Elle se remémore l'histoire de Mère Misère, cette bonne femme à qui l'on a volé les poires, elle qui n'a rien. Que plus personne ne rend visite, si ce n'est la Camarde à qui elle ferme obstinément la porte. Qui survit de bas de laine rapiécés après une vie de labeur dans un pays où l'on donne beaucoup pour vraiment pas grand-chose. Elle aussi n'a pas besoin de grand-chose.

Marta se réveille, à des milliers de kilomètres de là. Elle se remémore sa rêverie. De sa fenêtre ouverte, les étoiles, éparses, peuvent être contenues dans une poignée de mains. Des klaxons font écho sur ses murs blancs, aboyant aux pétarades du 14-Juillet. Sous son balcon, des têtes blondes forment une ronde endiablée. Sa valise, dans un coin de son œil, attend. Elle tend les mains devant elle et il lui semble voir, sous l'articulation de l'index, une petite boursouflure qui durcit.

LA PEUR

Tu sais, on vient de trouver la Deolinda dans un puits, dit l'aïeule en ouvrant un lourd sac de farine. C'est le petit-fils de Zé Maneiras qui l'a trouvé, celui que t'aimes bien, qui court tous les matins vers o Adro. Elle le soulève, le porte jusqu'à son épaule, et en déverse le contenu dans les mangeoires en bois. Il passait par là, il a vu le puits ouvert, et en voulant le fermer, il l'a découverte. Elle porte un fichu sur les cheveux, un tablier autour de la taille, pour éviter de trahir la pureté de la farine. Viens, aide-moi à verser l'eau. Prends un bidon. Tu te souviens à quel point tu avais peur des puits ? *Nas Moreiras da India*, tu n'osais même pas t'en approcher. Tu pleurais toutes les larmes de ton corps car tu pensais qu'on allait tous tomber dans le trou.

Marta saisit le bidon à quatre mains et lentement, elle déverse l'eau tiède pendant que l'aïeule pétrit énergiquement la pâte. La pauvre, elle n'avait plus vraiment toute sa tête. Elle a dû buter contre quelque chose, ou le *balde*, le seau, était trop lourd. Passe-moi le *fermento*.

Marta sort, d'un sac plastique un brin poisseux, une boule de pâte qui se prend aussitôt à ses doigts et qui sent fort la levure. Tu sais, ce four, il a plus d'un siècle et demi. Il date de la grand-mère de ton Tio, imagine combien de *fogaças* il a vu passer ! L'aïeule sale la pâte avec du gros sel, à vue d'œil, sans mesurer. Derrière la porte en bois, on entend *a Preta* qui essaie de rentrer en mugissant, le petit veau *da Cereja* qui se détend les jambes, le Tio qui remplit les mangeoires des vaches de maïs. Tu n'as pas dû la connaître, la noyée. Elle ne sort pas lorsqu'il commence à faire chaud. On ne dirait pas mais, de son temps, c'était une vraie beauté. Mais un jour, dans la Montagne, *agarrou medo*. Elle a pris peur. Marta se demande ce qui l'a précipitée vers le bas. A-t-elle gonflé comme un ballon de baudruche ou s'est-elle brisée sur les pierres mouillées ? Elle se rappelle cette sensation familière, cet appel du vide qui la traversait et qu'elle ne voulait pas entendre. Cette crainte de perdre ses chaussures dans le néant. Son Tio avait essayé, pourtant, d'éradiquer toute cette peur en elle : l'intimidation, la provocation, la dégustation de la crête de coq crue, mais rien n'y faisait. Elle ne pouvait toujours pas s'approcher du puits.

L'aïeule prend une petite truelle et se met à couper dans la pâte. De ses mains artisanes, elle forme des boules, et les couvre d'un tissu pour les laisser reposer. Le Tio apporte de la *lenha*, du bois, des morceaux de carton des branches pour préparer le feu. Il fait une chaleur d'enfer dans la pièce. Rien ne l'éclaire si ce n'est quelques trous laissés par les tuiles enchevêtrées les unes sur les autres. Des percées de lumière sur des histoires vieilles comme ce four à pain. Près des *fogaças*, autant de *bolas* qu'il y a d'enfants, qu'il faudra tremper encore chaudes dans l'huile d'olive. On va garder un peu de pâte pour les *filhós*, dit-elle en remplissant une petite bassine. Il faut en prendre une petite poignée, l'étirer doucement, légèrement, pour que le *filhó* ne soit ni trop fin, ni trop épais, puis le jeter dans l'huile qui bout. Le voir se colorer, passer du blanc crème au doré, puis le laisser s'égoutter sur du papier absorbant, avant de le saupoudrer de sucre et de cannelle.

Les journées de fournées sont jours de fête. Le mœlleux des *filhós* remplace la froide texture caoutchouteuse de la crête du coq.

Mais la peur. La peur, elle, est encore là, présente, terrée dans ce puits.

LE TRÉSOR

Quadrillé vert sur intérieur noir, la malle attend sous la fenêtre de la chambre d'enfant. D'adolescente. De jeune femme. Elle attend que les cheveux d'un noir de charbon dépassent les hanches en guitare, prêtes à recevoir et accueillir la vie en suspens. Que le visage perde ses rondeurs juvéniles et creuse le désir en des sillons entre le front et le haut des pommettes, que la bouche s'élargisse et laisse apparaître des dents clinquantes d'émail — ouvertes à l'amour et à la douleur qui passe. Elle attendra que l'enfant se réveille un jour, les draps en sang, que sa poitrine autrefois aussi plate qu'une planche de menuisier se vallonne gironde et gronde jusqu'à lui faire mal au dos et aux yeux des autres. Qu'elle revienne de là-bas, après être partie si loin, là où elle s'est faite femme et patronne, à la seule force de ses poignets d'airain, sans cette malle qui l'attend toujours dans sa chambre d'enfant. D'adolescente. De jeune femme.

Combien de mains l'auront touchée avant d'ouvrir cette malle qui conserve précieux dans une vie de femme, couvertures épaisses, *mantas* brodées et draps en coton, jeux de porcelaine et couverts en métal inoxydable. L'*enxoval* que Madalena a commencé bien avant sa naissance, dans l'attente tant espérée qu'elle aussi devienne un jour femme et mère.

Combien de corps a-t-elle sentis contre le sien avant de déplier cette couverture de lin que sa marraine a brodée pour son baptême et qui empeste la lavande et la naphtaline ? Combien de fois a-t-elle aimé, joui dans des draps qui auraient dû accueillir l'amour virginal des premiers émois maritaux ? Et la malle, poussiéreuse, qui attend toujours dans cette chambre d'enfant. D'adolescente. De jeune femme.

Quand Marta était petite, elle s'amusait avec ses sœurs à savoir quand elles allaient se marier. Elle remplissait un verre d'eau, enfilait un anneau en or dans un de ses longs cheveux et le plaçait au-dessus du verre. Elle comptait les coups de l'anneau sur le bord. Un, deux, trois, cinq. La bague se balançait, oscillait le temps tel le pendule de Foucault. Soulagement quand on dépassait les vingt. Inquiétude quand on allait au-delà de trente. Allait-on se marier un jour ? Trente et un, trente-deux. Elle espérait qu'il cesserait de bouger sous peu.

Sa mère avait une malle comme la sienne, où elle gardait ce qu'elle avait de plus précieux. Ses flacons de parfum, sa robe du dimanche, ses deux-trois livres cornés vieillis par la pluie salis par l'herbe et la gadoue des prés de la Montagne. Elle a pris un petit sac, l'a rempli de l'essentiel. On lui a dit que les températures étaient bien différentes en France, les froids plus doux et les étés plus frais.

Elle sait que… Elle a entendu dire que… tant de choses. Des belles, des courageuses, des audacieuses. Des périlleuses. D'autres un peu moins glorieuses, voire assez tristes tirant franchement vers le pathétique. Toutes avaient une part de vérité, sous le vernis enjolivé du qu'en-dira-t-on.

Ils ont été nombreux à partir comme elle, contournant les routes officielles — marchant se cachant dans des trains des coffres de voiture de bus fuyant la police — prêts à faire le grand saut dans l'inconnu, la misère, le travail au noir et l'attente d'un titre de séjour sésame, tant espéré que certains étaient prêts à tout pour l'enfiler dans la poche de leur blouson — pour une vie nouvelle. Leurs ancêtres ont parcouru océans et mers, défié tempêtes et géants, sont devenus maîtres et possesseurs alors que leur terre promise n'était qu'à quelques milliers de kilomètres de là.

Marta sort une des robes de la malle, un poil trop large à la taille, trop d'épaules aussi, mais qu'importe, elle joue d'artifices pour se la faire sienne, tissu contre chair.

Elle ne voulait que s'amuser. Une dernière partie de *matraquilhos*, de baby-foot, enlacée par des mains terreuses et fermes qui la dirigeraient un coup sur le côté, un en arrière et puis on tourne, on tourne. Boire de la bière à un euro qui ne réchauffe pas plus que ça mais qui désaltère le temps de reprendre son souffle. S'amuser pour ne pas songer que demain, c'est déjà la fin de l'été. *Até pro ano se Deus quiser*, les larmes aux yeux. À l'année prochaine, si Dieu le veut. Ses cousines lui promettent de revenir à Noël, à Pâques, tout en sachant au fond d'elles que ce ne sera pas le cas. *Até pro ano*, un serrement au cœur à l'idée de rebrousser chemin. Tout ranger dans une valise en carton et compter les jours jusqu'à l'an prochain.

Mais ce soir, le temps de quelques parties, Marta serre un peu plus cette robe taille 40 en acrylique et coton et elle songe à ne pas y penser. À feindre qu'il faudra vivre avec et oublier.

LA FÊTE

La musique est interrompue. Le groupe arrête de chanter. La chanteuse quitte l'estrade, boit d'un seul trait la bouteille d'eau qu'on lui tend. De l'autre côté du rideau, les corps ne dansent plus, épuisés, ils se tendent tête levée vers le ciel à la recherche d'un signe quelconque.

Le premier coup détonne dans l'obscurité. Les oliviers ne disent rien. Le vent attend le deuxième coup pour bruire entre les feuillages. On essaie de se boucher les tympans. En vain. Le bruit est aussi retentissant qu'une balle de fusil en plein cœur. Le troisième, déjà anticipé, tant attendu, est solennel.

Silence dans les oliveraies. On craint le pétard mouillé, l'incident technique, l'incendie de forêt. Les premières lumières crépitent dans le ciel, perçant multicolore la toile noire sans nuages. Les étoiles paraissent bien faiblardes face à ces avatars fluorescents. On ne les voit plus, disparues à cent millions d'années de nous. Le temps se suspend, arrêté, entre les ombres du figuier qui borde le terrain de football. Les années creusent des rides sur le visage de chacun mais ce moment unique, étincelant, se répète à l'identique, brouillant les frontières des décennies qui passent. Ces paillettes en néon oxydé sont les mêmes qu'autrefois. Des pétarades vermillon, carmin, citron, azur, corail, turquoise, canari, mandarine qui feraient pâlir les plus beaux nuanciers. L'air se sature de soufre - ils l'ont fait exploser trop près. Il pleut des couleurs, il pleut des cendres. Sur les joues, on pleure des débris d'astres synthétiques. On s'en enivre à en brûler la rétine.

Si la cécité est imminente, que la dernière chose que l'on puisse voir soit cette explosion au-dessus de nos têtes, gémissant et voltigeant dans les airs, feux de bengale azotés.

Regarder le ciel se consteller, rechercher l'extase et un goût tenace de pop corn caramélisé.

Si l'apocalypse est imminente, qu'elle se fasse à l'ombre de ces oliviers séculaires, qui ont vu naître la mère de Marta, sa grand-mère et son arrière-grand-mère reposant tranquilles dans cette terre ocre et émeraude, devenues racines de chênes-lièges, d'amandiers ou de pommiers, gaïas nourricières sous leur chape marbrée.

Le front vers le Très-Haut, chacun fait un vœu : certains rêvent d'une nouvelle voiture, d'autres de trouver un mari ou un travail dans l'année. La chanteuse souhaite de pouvoir chanter de nombreux étés, de quitter une bonne fois pour toutes les scènes de bals de campagne pour chanter autre chose que du *pimba*. Si le *fado* est l'âme de ce pays, la musique pimba en est le déhanché vulgaire. Des couples se bécotent, éperdus par le romantisme suranné de ces lucioles artificielles. Des enfants luttent contre le sommeil sur les genoux de leurs parents, jamais ils ne se sont couchés aussi tard, jamais ils n'ont vu tant de couleurs en un seul ciel ! Des hommes s'enivrent à gorge déployée, une bière pour chaque semaine de dur labeur loin des leurs, de leur maison d'enfance, de leurs pauvres parents restés au pays.

La chanteuse enlève vite son maillot de corps qui lui moule un peu trop les seins et les fesses, le dos tourné au rideau qui la dissimule, la tête baissée devant le ciel qui s'enflamme. Elle revêt brassière et mini short qui révèlent son ventre ferme et ses fines jambes. Elle sait qu'à la troisième pétarade, le spectacle doit recommencer. C'est une nuit d'allégresse. Personne n'est là pour avoir le cœur lourd.

Qu'importe comment finira la nuit, tous souhaitent la même chose : si l'apocalypse est imminente, si le feu du ciel brûle nos forêts d'eucalyptus, nos terres arides et nos enclos, dévaste la terre de nos ancêtres, qu'elle ait lieu en ce moment précis, les têtes levées vers le ciel, corps et âme face à la Montagne.

LA RÉCOLTE

Marta s'est levée au petit matin. Elle était bien éveillée, contrairement à d'autres qui ne s'étaient même pas couchés, décuvant les folies de la nuit dernière. L'un est parti plus tôt pour mener les bêtes jusqu'au champ. D'autres bavardent encore sous les draps. À perte de vue des sillons à creuser. Cette année, ils ont de la chance : les pluies du printemps ont bien abreuvé le sol endurci.

Dès la fin du dégel, ils avaient préparé les semis. Les vieux tubercules de l'an passé germant dans le grenier car personne n'avait eu le temps de les manger. Les plants aux fleurs blanches et aux fruits ressemblant à de petites tomates cerises qu'il fallait arracher pour pouvoir travailler le sol. Tout se fait à la force de la main et à la précision de la *calagouça*, de la serpe.

Les appareils mécaniques sont trop agressifs, ils plongent trop profondément dans le sol et abîment les pommes de terre. Derrière l'âne Miosotis qui avance, Marta guide le soc et ouvre les *sucos*, les sillons, tout en évitant de se prendre un coup de sabot sur les jambes. Armés de leurs seaux, ils se penchent tête bêche jambes fléchies et écartées fesses en l'air pour les ramasser. Certains se racontent les derniers potins des fêtes qui viennent de se terminer, d'autres se remémorent les récoltes d'antan, d'autres se défilent à l'ombre pour cueillir quelques prunes. On fait quelques brèves pauses car le soleil commence à poindre et qu'il sera impossible de continuer après onze heures. Juste le temps de boire une gorgée d'eau, de picorer quelques prunes de l'arbre.

Les gestes du ramasseur de pommes de terre ressemblent à ceux du chercheur d'or : déterrer des blocs avec ses mains, les recueillir dans un seau, puis le vider dans une *saca* de cinquante kilos, voire plus. La remorque se remplit de sacs de jute. Puis les emmener jusqu'à la dépense pour les trier, les stocker et les transformer. On s'enrichit le corps à la patate, midi et soir.

Point de fertilisants chimiques. Tout est naturel. Ici, on traite la terre avec le purin d'ortie, avec l'*esterco*, le fumier que l'on récupère au fur et à mesure que l'on nettoie les étables. Pour manger sain, il faut se salir les mains. Pas la petite lune sous l'ongle que l'on retrouve quand on épluche les pommes de terre, payées les yeux de la tête dans une épicerie solidaire.

Pourtant, plus personne ne pense à les revendre. Qui en aurait besoin alors que tout le monde en a autour de soi ? Il faudrait aller à la ville, là où des citadins s'arrachent ces légumes raisonnés au prix irraisonnable. Aller loin, loin des champs, faire les marchés, travailler avec différents vendeurs. L'excédent ira aux cochons, les pourries, les abîmées par le tranchant de la lame, les cabossées. Les toutes petites feront le plaisir des enfants, rôties sous la cendre et assaisonnées de poivre et de sel. Les plus vieilles, celles qui n'auront pas eu le temps d'être mangées, deviendront semences pour les prochaines. Tant qu'il y aura quelqu'un pour planter, désherber, mener le soc et ramasser.

LE FLEUVE

Le car traverse finalement la frontière, un pont sur le Duero devenu Douro en un virage et un coup d'accélérateur. Tout autour, des fragas, des grottes rocheuses, des falaises de montagne creusées par l'eau et le temps. Marta a tout juste le temps de tourner la tête pour regarder ce qui réveille tout le monde dans le véhicule. Le deux gravé à même la roche. Qui réussit à le voir se mariera ici, à Miranda, dit une passagère.

Marta a sa tenue dans la valise. Un énième cousin, le fils de la cousine de son père. Jeune, elle avait dansé avec lui dans un *arreial* du village voisin, s'imaginant déjà que peut-être... Mais l'*aldeia* était trop petite pour elle et le monde était grand.

Une vieille rétorque, mais non, *esse dois*, ce deux, c'est pour les deux langues ! Le *mirandês, pa* !

Marta referme le petit opuscule qu'elle avait pris pour lire pendant le voyage.

> *Je viens vous parler de Trás-os-Montes et je ne voudrais pas mettre dans mon discours une ombre de littérature. J'aimerais que mes mots soient comme des réalités physiques — les bruyères fleuries, la blancheur des bornes géodésiques et les chaumes dorés tenant lieu dans la phrase de sujet, de verbe et de complément.*°

Cent vingt kilomètres la séparent de celui qui a écrit cette phrase. Tous deux des exilés. Lui l'ara, elle le coq. Entre eux, le brouillard du Marão, la lenteur du troupeau de vaches, la pesanteur édifiante des altitudes et une langue commune.

° Miguel Torga, *L'Universel, c'est le local moins les murs*, William Blake & Co., 2011. Traduction de Claire Cayron.

Marta parle de Trás-os-Montes avec sa langue bâtarde de fille d'émigrés, empruntant à l'une, piochant dans l'autre, comme elle a vu et appris à le faire depuis ses premiers balbutiements, entre idiotismes et gallicismes. *Dá com a lingua nos dentes*, elle évente le secret de terres ancestrales, d'un humus qui, grâce à ces Ulysses lusitaniens, prospère, fertile, sur tous les continents.

Le Douro se transforme en Sabor : on ne s'y baigne plus, la rivière est aussi boueuse que les toxines qui la polluent. On lui préfère les plages fluviales de l'Azibo, les piscines municipales ou les barrages aux eaux cristallines. On ne met plus le lin à tremper. On y pêche encore la truite, et tous autres cyprinidés endémiques.

Le bus emprunte le pont roman, tout en schiste, qui n'a rien à envier aux autres alentour. Ses trois arcades résistent au temps et aux passages répétés des voitures et des autocars, des ânes et des passants, de ceux qui partent et de ceux qui reviennent. Ci et là, des *torgas* aux fleurs violettes résistent au passage des roues.

Marta parle de Trás-os-Montes à ses amies assises aux terrasses des bistrots, sur les bancs de l'université, dans ses écrits boiteux, ses traductions tremblotantes. Ses doigts maculés d'encre, sa langue dans la bouche d'un autre, sa chevelure en cascade sur des épaules tachetées tiennent lieu de sujet, de verbe et de complément pour raconter l'*aldeia*.

LA MAISON

Et la maison frissonna. Des infiltrations dans la toiture. Des tuiles qui se fissurent. L'eau qui s'écoule dans la chambre vide. L'écho du clapotis des gouttes face au vide des pièces. Marta s'assoit sur les vieilles marches, le pied endolori par l'écharde qu'elle a attrapée dans un champ, peut-être. Elle vient de cueillir des mûres sauvages avec ses cousins. La dame des primeurs, venant avec son camion de fruits et légumes tous les mercredis et les vendredis, leur achète un euro le kilo. De quoi acheter des glaces et des bonbons pour le goûter. Les plus grosses, les plus juteuses, sont toujours cachées dans les ronces. L'écharde doit venir de là. Marta est la plus petite des quatre, elle se faufile facilement entre les buissons.

Et la maison pesta. Plus de porte d'entrée, rongée par les termites et l'humidité. Plus de murs, ni de toit. Les gravats pour sol et le ciel comme plafond. Dans les ruines, Marta se promène en bâtissant sa maison rêvée. Elle l'imagine proche de celle où elle passe ses vacances d'été, hébergée par cette famille maternelle qu'elle voit trop peu. Elle modèle et réagence des pièces. Un étage ? Deux étages ? Combien de chambres ? Une cuisine avec un accès vers le potager. Une salle de bain, d'un bleu des mers du sud, avec une grande baignoire pour se prélasser quand il fera sombre dehors. D'un coup de pied, elle déblaie les débris à la recherche de fils en tungstène pour se tresser des bracelets.

Et la maison éternua. Marta met chaque centime de côté pour tout centimètre carré de son palais idéal. Et la maison s'intoxiqua de ces effluves de javel et détergents à polir les bronzes rutilants et autres excentricités de riches bourgeois. Marta récure, ponce, frotte, désinfecte en pensant aux couleurs des chambres. Revisiter la palette du potager : jaune oranger, rose pêcher, vert amandier. Une peinture granuleuse, dans une maison qui l'attendra, et se réchauffera l'été quand Marta ouvrira les portes et les fenêtres pour laisser passer le soleil. Un soleil qu'elle voit peu dans cette chambre de bonne qui lui tient lieu de pièce à vivre. Au sixième étage sans ascenseur, avec toilettes sur le palier.

Et la vieille maison se tut. Rasée. Le terrain vendu. Marta a racheté le terrain et en a construit une nouvelle, toute en ciment et en modernités électroniques. Un carré blanc à deux étages. Fière, elle se tient toute pimpante, refaite à neuf. Des marches de granit ont remplacé les pierres froides.

Pourtant, quand on s'assied en quête d'un rayon de soleil, on sent encore la vieille maison vibrer.

DES MOTS POUR UN PRÉNOM

Je m'appelle Ana. Ana Maria. Comme ma grand-mère. Et mon arrière-grand-mère avant moi. Un prénom sans grande originalité. Regardez autour de vous, il y aura bien une Ana ou une Maria quelque part.

Un prénom simple, qui me place sous la protection de sainte Anne et de la Vierge. Mais, que je sache, je ne sais pas marcher sur l'eau. Ni multiplier les pains et les poissons. Je sais à peine faire mon lit au carré et des légumes en cubes.

Je suis une piètre femme de maison.

Je m'appelle Ana. Ana Maria. Dans ma famille, toutes les femmes ont des prénoms originaux, que personne d'autre n'a dans le village. Des noms évoquant des siècles d'or passés, des porcelaines délicates, des pays où l'on sent bon le girofle et la cannelle. Le mien ne sent pas grand-chose, à part l'air étouffé d'encens de notre église baroque et la sueur subtile qui se cache sous les fichus noirs des *velhas*, des vieilles, qui sont assises dehors, à l'ombre des figuiers, *ao fresco*, par trente-quatre degrés. Le noir est couleur, dit un slogan publicitaire pour l'alcool national. Je me demande comment elles peuvent supporter avec cette chaleur le poids de ces vêtements qui les engloutissent de la tête aux pieds. Le noir. Couleur de deuil. Le noir pour les veuves et les orphelines. Pour les fardés d'étudiants qui paradent chaque année pour célébrer la fin d'études harassantes. On ne se marie pas — pas encore ! — en noir au Portugal.

Je m'appelle Ana. Ana Maria. C'est un prénom facile à écrire. À l'école, je n'ai pas eu de grandes difficultés à faire des lignes. Sur mes cahiers d'écolière, les *a* se succédaient en une cascade de roulades avant et arrière. Un exercice plus facile que ceux que l'on pratiquait en gymnastique. J'ai toujours eu la souplesse de la langue, non du corps.

Je m'appelle Ana. Ana Maria. N'essayez pas de franciser mon prénom. Je ne réponds plus aux gens qui m'appellent Anne ou Marie. Des relents nauséabonds d'acculturation primitive qui pèchent avec mon teint de celtibère. J'ai la peau blanche des envahisseurs du Nord et les cheveux aussi sombres que ceux qui vinrent s'installer sur la Péninsule des siècles auparavant. J'ai appris tout ça lors de mes cours de portugais le mercredi après-midi. On m'appelait Ana Maria là-bas. On ne m'appelle plus ainsi depuis bien longtemps. Ce nom, je l'ai amputé, tronqué, pour ne garder que la partie malléable. Ana, un palindrome que l'on peut lire dans tous les sens. Un nom tellement passe-partout qu'il me fait oublier comment je m'appelle. Que je porte un nom de morte, un nom désuet, un nom tellement vétuste que plus personne ne le porte. Un nom unique ? Je tape mon prénom dans la barre de recherches et me laisse noyer par la multitude de ses homonymes.

Je m'appelle Ana. Ana Maria.

Aujourd'hui, j'écris sur un pays qui n'existe plus. Celui de mon enfance. Celui de ma mère qui est partie trop tôt. À contre-courant, j'écris. Pour lutter contre l'oubli. Déserts ruraux, migrations urbaines, incendies, des réalités qui glacent l'échine. Le souvenir s'estompe et le village se réduit en peau de chagrin. Capter l'instant des saisons pour les revivre. Pour toujours. Réveiller en chacun l'éternel de celui ou de celle qui se terre au plus profond de nos origines. Pour ne jamais plus perdre.

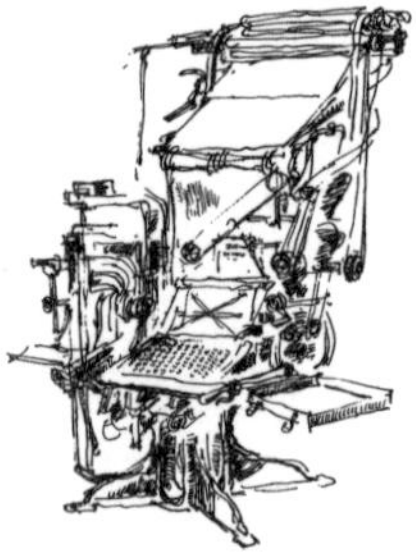

Ce vingt-sixième titre
des éditions la Grange Batelière
a été achevé d'imprimer sur les presses
de l'Imprimerie Floch
à Mayenne, en juillet 2022.

Dépôt légal : octobre 2022
Numéro d'impression : 100730